Pour ma sœur, Joanne Orsini.

Chapitre premier

C'est un de ces jours où personne n'a envie de mettre le nez dehors — un dimanche de novembre gris et venteux. Et bien sûr, ma mère m'a demandé de courir au magasin. Elle a une envie irrésistible d'une soupe aux clams. De la *soupe aux clams*, non, mais! Et pas n'importe laquelle. Le style Nouvelle-Angleterre. Pas le style Manhattan. Et tout de suite.

— Il y a de l'argent dans mon porte-monnaie, Claire. Il est sur la table dans l'entrée.

Elle ne me regarde même pas. Elle est étendue sur le sofa et zappe d'une chaîne à l'autre.

— Pourquoi est-ce que tu n'y vas pas, *toi,* maman? Je suis plutôt occupée en ce moment.

Pourquoi est-ce que tu ne sors pas toi-même pour changer? Tu deviens grosse et paresseuse! C'est ça que j'aurais voulu lui répondre. Mais je ne veux pas la blesser. Elle a été suffisamment blessée ces derniers temps.

— Mon arthrite recommence à me faire souffrir, dit-elle. J'ai très mal aux pieds.

C'est son excuse habituelle. Avant, elle s'en accommodait et vivait sa vie comme si de rien n'était — c'était avant le départ de mon père. Depuis, elle ne sort plus de la maison. Et à quinze ans, je ne veux plus d'une mère qui reste à la maison. Elle a besoin de sortir et de continuer à vivre. Mais mon père a emporté sa joie de vivre avec lui lorsqu'il est parti. À moi, il ne me manque pas, mais à elle, beaucoup.

D'ailleurs, j'ai mieux à faire que des courses pour ma mère. J'ai un examen de math à préparer et il faut que j'obtienne de meilleures notes. Je veux aussi mémoriser un monologue pour une audition d'art dramatique à l'école. Oh, et bien sûr rêver à Eric. Ça c'est toujours une priorité. Il est imprimé dans mon cerveau et rien ne peut l'effacer.

Le seul problème, c'est que je n'ai aucune chance de ce côté-là. Eric sort avec ma rivale numéro un, Lucy. C'est la fille la plus populaire de l'école — une de ces filles qu'il faut être hypercool pour fréquenter. Lucy excelle en tout sans presque même essayer, et elle est toujours entourée d'une foule d'amies. J'ai déjà souhaité secrètement qu'elle soit mon amie. Mais Lucy et moi n'avons jamais été proches comme je le suis de mon amie Seema. Lucy et moi parlons de temps en temps pendant la classe d'anglais ou d'art dramatique et nous nous saluons dans les corridors, mais c'est à peu près tout.

Je rêve parfois d'être débarrassée de cette fille. Mais ces rêves ne sont que des fantasmes tordus. Par exemple, si elle marchait un peu trop près du bord de la scène et tombait « accidentel-lement », se cassant une cheville? Je devrais reprendre son rôle dans la pièce — et je jouerais à vous en couper le souffle. J'aimerais bien contrôler ma vive imagination, mais je n'y arrive pas.

Lorsque je pars pour le magasin, les premières grosses gouttes glacées commencent à tomber. Le mélange de pluie et de neige s'abat sur ma tête comme des aiguilles de glace. J'avance en courant sur le trottoir sans cesser de penser à ma mère. Au fait qu'elle ne prend pas soin d'elle-même et qu'elle ne s'intéresse à *rien* ces jours-ci. Elle est devenue une empotée ennuyante. Jamais je ne laisserai ma vie devenir comme la sienne. Je ne serai jamais comme elle.

Papa nous a abandonnées il y a quelques mois à cause de ce qu'il a appelé la « crise de la quarantaine ». Maman semble se renfermer comme une huître dans sa coquille. Elle se lave rarement et bouge à peine. Je me passe très bien de l'humeur massacrante de mon père et de son tempérament explosif. Ou des fois où il attrapait ma mère par le bras et serrait jusqu'à lui faire un bleu. Allez savoir pourquoi ma mère regrette son absence.

Son visage est un masque sans expression, ses yeux sont mornes et son regard fixe. Elle passe son temps à soupirer. Et à me demander de courir au magasin pour acheter diverses choses dont elle a soudainement un besoin urgent. Des choses étranges comme des harengs marinés ou de la purée de pommes de terre instantanée. Je dois alors tout laisser tomber. Comme aujourd'hui.

J'ai envie de lui demander pourquoi il faut que sa douleur affecte ainsi ma vie. Pourquoi je ne peux pas lui parler des choses qui me dérangent, moi. Pourquoi il faut que le monde tourne toujours autour d'ELLE. Mais en ce moment, peu importe ce que je dis, elle ne réagit même pas tant sa tête est ailleurs.

Ma vie à moi aussi a besoin d'une révision complète. Mais je n'ai aucune idée comment je pourrais la changer. Il n'y a pas grand-chose à faire lorsqu'on est nulle en math. Je pourrais étudier davantage, mais ça n'a jamais rien changé. Et comment « attraper un gars » avec toute cette concurrence? C'est pareil pour le rôle dans la pièce, celui pour lequel je prépare une audition. Je sais que je n'ai aucune chance de le décrocher.

Les nuages sont bas et violacés comme une ecchymose. Frissonnante, je cours vers la rue principale. Comme la neige fondante éclabousse mon visage, je m'en veux d'avoir oublié mon parapluie. Je m'arrête au coin de la rue et attends que le trafic s'arrête avant de traverser. Je m'imagine pendant un instant à quel point ma mère se sentirait coupable si j'étais renversée par une auto alors que je faisais une course pour satisfaire ses caprices insensés.

Lorsque j'arrive au centre commercial, je l'aperçois tout de suite qui dépasse d'une poubelle près de la porte du supermarché. Peut-être aurais-je dû continuer à courir.

Je m'arrête pour l'examiner. C'est un parapluie magnifique aux couleurs de l'arc-en-ciel, comme un vitrail ou un kaléidoscope. Abandonné. *Sans doute brisé,* me dis-je. Je vérifie rapidement si quelqu'un me regarde, puis je l'agrippe par la poignée courbée et appuie sur le déclic.

Il est parfait. Je le referme, le mets sous mon bras et m'empresse d'entrer au magasin. Lorsque je ressors quelques minutes plus tard, le ciel me tombe littéralement sur la tête. J'ouvre le parapluie et me mets à marcher, redoutant de voir maman avachie sur le sofa à mon retour.

Je fais tourner le parapluie, ressassant toutes les choses qui me dérangent. On dirait que tout va mal pour moi. Des fois je pense que je deviens ma mère. Comme si sa malchance déteignait sur moi. Si seulement je pouvais trouver le moyen de changer mon sort.

Voilà exactement ce à quoi je songe lorsque l'incident se produit.

D'abord il y a un éclair éblouissant. C'est la foudre, sans aucun doute. Je pousse un cri lorsqu'un violent choc me parcourt le bras et j'échappe le parapluie. Mes mains se mettent à trembler, tout mon corps vibre. Et mon cœur bat à grands coups. J'ai l'impression d'avoir frôlé la mort!

Je regarde le ciel et attends le coup de tonnerre. Mais il ne vient pas. Je fronce les sourcils en essuyant les gouttes de pluie de mon visage.

Je l'ai échappé belle! me dis-je en ramassant le parapluie. *Et c'était vraiment trop bizarre! Ça doit être le changement climatique qui détraque tout.* La poignée du parapluie est chaude. Je secoue mon bras pour en chasser l'étrange fourmillement. Je prends quelques grandes respirations et le tremblement cesse. Puis je regarde autour de moi.

Rien n'a changé. C'est comme si rien n'était arrivé. Personne ne regarde vers le ciel. Personne ne me regarde non plus. Personne n'a remarqué l'éclair bizarre qui m'a tant secouée.

Quelques minutes plus tard, je l'ai presque oublié moi-même. Je repense à maman sur le sofa et à mon imbécile de père. Et à tout ce que je dois faire aujourd'hui. Et à Eric.

Chapitre deux

Lorsque j'arrive à la maison, je laisse le parapluie à sécher dans l'entrée.

Maman n'est plus sur le sofa où je l'ai laissée, où elle a passé tant de temps ces derniers mois. J'entends couler la douche, et le son de sa voix — elle chante. Ma mère qui *chante* dans la salle de bains. Je n'entends pas ça tous les jours! Je m'aventure dans le passage et me tiens devant la porte. J'attends que l'eau cesse de couler pour frapper.

— J'arrive, Claire.

Un instant plus tard, elle ouvre la porte, souriante. Sa tête est entourée d'une serviette et sa robe de chambre a l'air douillette.

— Ah, je me sens tellement mieux!

— On dirait bien.

— Où étais-tu? demande-t-elle.

Je n'en crois pas mes oreilles.

— Là où tu m'as envoyée il y a une heure. Au magasin. La soupe aux clams, ça te rappelle quelque chose?

— Ah oui? Hmmm. Eh bien je n'ai pas vraiment faim en ce moment. Mange-la si tu veux, Claire. J'ai autre chose à faire. J'ai un plan. Je vais voir si je peux trouver un emploi.

— Quoi?

Ma surprise est telle que je suis bouche bée.

Un plan? Tu as un plan pour trouver un emploi? J'aimerais bien voir ça!

— Tu te rappelles que j'ai toujours voulu travailler comme esthéticienne?

Comment aurais-je pu l'oublier? Maman adore faire des manucures et des pédicures et elle s'exerce souvent sur moi et mon amie Seema. Elle nous fait aussi des traitements faciaux ainsi que des massages du cou et des épaules. J'ai toujours pensé qu'elle avait raté sa vocation. Mais chaque fois qu'elle le mentionnait, papa lui disait qu'elle n'était pas assez compétente et demandait qui s'occuperait des repas et du ménage si elle allait travailler. Alors elle abandonnait ses rêves démolis pendant un bon bout de temps.

— Je vais donner mon nom dans quelques salons des alentours, dit-elle.

— Vraiment? C'est incroyable. Je suis très fière de toi, maman.

— Merci, ma chérie. Je pense qu'il est grand temps que je sorte d'ici.

— C'est *trop* cool, dis-je. Mais qu'est-il arrivé? Lorsque je suis partie pour le magasin tu étais collée au sofa comme si tu n'avais pas l'intention de le quitter de sitôt.

— Je ne sais pas vraiment, dit-elle. Ça m'a frappée tout d'un coup. Une voix dans ma tête m'a dit : *Ça suffit. Lève-toi. Reprends ta vie en mains, Anna.* Ça m'est venu comme un éclair sorti de nulle part.

Puis elle se dirige vers sa chambre en fredonnant.

Un éclair sorti de nulle part? C'est justement ce qui vient de m'arriver avec le parapluie. Mais ça ne se peut pas. Le fait d'être frappé par un éclair ne peut pas changer votre vie, n'est-ce pas? Quelle coïncidence — *très* étrange.

Pendant l'après-midi, je ne repense plus à la coïncidence bizarre. J'ai des préoccupations plus pressantes : préparer mon examen de math, par exemple.

Je me laisse tomber sur ma chaise de bureau et ouvre mon livre de math. J'ouvre une des tablettes de chocolat que je viens d'acheter et croque dedans. Rien ne peut soulager mes angoisses mathématiques comme le mélange de chocolat et de caramel qui explose dans ma bouche.

Je regarde fixement le méli-mélo de chiffres et je m'attends à ce que mon cerveau décroche comme d'habitude dès que j'essaie de résoudre le premier problème. Les chiffres, ce que je les méprise!

Mais quelque chose est différent. Lorsque je regarde la page, c'est comme si toutes les pièces d'un casse-tête s'organisaient de manière cohérente et tout à coup, je comprends. Je *comprends!*

Je me demande pourquoi tout ça a un sens maintenant. *Hein?*

Je résous chaque problème sans hésiter. Je couvre toute l'unité sans m'arrêter jusqu'à ce que la voix de maman me ramène à la réalité.

Elle chante encore. Et moi je réussis toutes les questions de math. Avant que je n'aie eu le temps de m'arrêter à cette coïncidence, le téléphone sonne.

Je me dépêche de répondre avant ma mère.

— Allô?

— Claire? C'est toi? Ta voix ressemble tellement à celle de ta mère.

Bon. Le parfait imbécile. Que peut-il bien vouloir maintenant?

— Oh. Allô, papa. Qu'est-ce qu'il y a?

— As-tu aimé notre petit souper sympa de jeudi dernier? demande-t-il.

Notre petit souper sympa. Ben oui. Un burger graisseux avec des frites molles dans un restaurant-minute minable.

Je vais chez mon père le jeudi après l'école. Je fais mes devoirs assise à la table de la salle à manger tandis qu'il regarde des reprises de comédies à la télé en buvant quelques bières. Nous commandons toujours une pizza, puis il me ramène à la maison. Il s'imagine maintenant être un héros parce que nous avons mangé au restaurant pour changer.

— Je ne l'oublierai jamais, lui dis-je d'une voix monotone.

Il me semble entendre un petit rire.

— Est-ce que ta mère est là? demande-t-il.

— Ouais, elle est ici. Pourquoi?

— Parce que je veux lui parler.

— Pourquoi veux-tu lui parler?

— Je n'ai pas d'explications à te donner, Claire.

— Qui c'est, ma chérie?

Maman apparaît dans la porte de ma chambre. Elle est habillée pour sortir.

Je veux éviter que papa lui dise quelque chose de bête qui entamerait sa bonne humeur.

— C'est papa. Est-ce que je lui dis que tu te prépares à sortir?

Son visage s'illumine. C'est mauvais signe. Je ne veux pas qu'elle commence à espérer une réconciliation, comme chaque fois qu'elle lui parle. Il veut probablement se faire pardonner de ne pas avoir envoyé la pension alimentaire. Elle s'écrase sur le sofa chaque fois qu'il la laisse tomber, c'est-à-dire à tout coup. Il ne tient jamais ses promesses.

— Non, je vais lui parler, dit-elle.

Je passe le téléphone sans dire au revoir.

— Rick? dit-elle en retournant vers sa chambre. *Comment* vas-tu?

Sa voix est toute mielleuse.

Je ne veux pas entendre le reste de la conversation. Je retourne donc à mes mathématiques. Je réussis encore à résoudre tous les problèmes! Je comprends soudainement les maths, mais rien d'autre ne semble avoir de sens. L'éclair me revient à l'esprit. Quel hasard! Ça me donne des frissons.

Extrêmement étrange.

Chapitre trois

Prends garde à ce que tu souhaites.
Pourquoi est-ce que cette phrase se
répète sans cesse dans ma tête?

Je ne peux m'empêcher d'y penser
dès mon réveil, lundi matin. Lorsque
j'approche ma chaise de la table pour
déjeuner, ma mère a les yeux brillants et
un sourire satisfait. J'espère que ça n'a
rien à voir avec le téléphone de papa.

Vrai, il m'arrive parfois de souhaiter qu'il ne soit pas parti, parce que son départ a sérieusement déprimé ma mère. Mais on ne pouvait pas vraiment la qualifier de boute-en-train *avant* qu'il ne parte non plus. J'imagine qu'elle s'en remettra un jour.

— Pourquoi as-tu l'air si heureuse ce matin?

Maman se lève rarement avant dix heures et elle passe toute la journée, ou presque, dans sa robe de chambre. Ce matin, elle est déjà habillée soigneusement.

— Je me sens bien, c'est tout. Tu ne te réjouis pas pour moi, Claire? Pourquoi cet air soupçonneux?

Elle boit son café à petites gorgées et m'observe, les yeux par-dessus la tasse.

— Je suis heureuse parce que je progresse; je visite deux autres salons aujourd'hui pour remplir des demandes d'emploi. Je prends le taureau par les cornes, je tiens les commandes de ma vie. Pour une fois!

— C'est bien, maman.

J'essaie de manifester de l'enthousiasme au sujet de sa nouvelle attitude positive, mais je ressens un certain malaise. Pourquoi ce changement soudain? Qu'est-ce que ça veut dire?

Aussitôt que j'arrive à l'école, je sens que quelque chose ne va pas. Des groupes d'élèves parlent à voix basse. Il y a un étrange bourdonnement dans l'air qui ne présage rien de bon.

Ma meilleure amie Seema se précipite sur moi. Ses yeux sombres sont écarquillés et inquiets.

— Sais-tu ce qui est arrivé, Claire? demande-t-elle.

J'ai peur de le demander, peur de ce qu'elle pourrait me dire, mais je pose la question quand même.

— Qu'est-ce que tu veux dire, Seema?

— À Lucy. Hier, pendant cette bizarre tempête de neige et de pluie.

Oups. Maintenant je ne veux *vraiment* pas savoir. Je veux faire demi-tour et ressortir en courant.

— J'étais dehors moi aussi. Méchante tempête. Alors… il est arrivé quelque chose à Lucy?

— Ouais. Elle a glissé sur les marches du perron chez elle. Elle s'est cogné la tête sur le béton. Elle est encore à l'hôpital, dans le coma.

Mon estomac se contracte. Je pensais justement à Lucy hier. Et pas de façon positive non plus. Juste avant d'être frappée par la foudre. J'ai une boule dans la gorge. Mais ça ne peut tout de même pas être mes pensées qui l'ont expédiée à l'hôpital?

— C'est arrivé à peu près à quelle heure?

— À quelle *heure*?

Seema me regarde comme s'il venait de me pousser un troisième œil.

— Qu'est-ce que ça peut faire? C'était le milieu de l'après-midi, je crois. Tu sais, pendant la tempête. Que faisais-tu dehors par ce temps pourri, Claire? Claire?

J'ai déjà commencé à m'éloigner. Je flotte dans le corridor vers ma classe, en transe. J'essaie d'assembler toutes les pièces du casse-tête qu'est devenue ma vie. Je n'arrête pas de penser à ce moment où tout a soudainement basculé.

Et à ce parapluie, qui repose maintenant dans un coin près de la porte chez nous.

Je réussis l'examen de math haut la main. Toutes les réponses jaillissent dans mon esprit. On dirait que ma main n'arrive pas à les écrire aussi vite que mon cerveau les produit. Je suis la première à finir et M. Sims me fixe, hochant la tête. Je crois lire dans ses pensées. *Pauvre fille. Elle abandonne déjà.* Il risque d'être surpris!

— Eh bien, ce n'était pas si mal, n'est-ce pas? me demande Seema en sortant de la classe.

Elle me donne un petit coup de coude et rit comme elle le fait toujours, sachant à quel point les chiffres me paralysent.

Il n'y a pas matière à rire lorsqu'on est nulle en math, mais mieux vaut en rire qu'en pleurer. Un jour où Seema a eu quatre-vingt-cinq pour cent, elle s'est esclaffée lorsque je lui ai dit que j'avais eu les quinze pour cent restants. Elle essaie parfois de m'aider, mais elle s'impatiente toujours lorsqu'elle me voit hocher la tête et hausser les épaules. Et s'il m'arrive de répondre, elle pousse un énorme soupir parce que ce n'est *jamais* la bonne réponse.

— Combien penses-tu avoir cette fois-ci, Claire?

Seema rit encore lorsque je me tourne vers elle.

— Tu sais, je suis pas mal certaine d'avoir tout bon.

— Tu es drôle.

Elle s'arrête dans le corridor et secoue ses cheveux d'ébène.

— Je me tords de rire, Claire. Vraiment.

— Je suis sérieuse. Je suis assez certaine d'avoir réussi, cette fois.

Seema me regarde fixement, les yeux ronds de surprise.

— Ça ne se peut pas. Tu n'avais pas la moindre idée de la façon d'utiliser ces formules la semaine dernière. Elle fronce les sourcils. Comment as-tu fait? As-tu triché? Montre-moi tes mains.

Je lui présente mes deux paumes.

— Comment est-ce que ça pourrait m'aider, Seema? Je te le dis, il y a eu un déclic pendant que j'étudiais hier soir. Pour une raison ou pour une autre, j'ai pigé.

Seema m'adresse un large sourire.

— Cool. Je t'ai dit que si tu travaillais assez fort tu finirais par comprendre. Je suis fière de toi, Claire. J'ai hâte de voir ta note.

— Moi aussi.

Je ne sais pas pourquoi un petit frisson me parcourt au moment où je lui réponds.

Chapitre quatre

Je n'arrive pas à me concentrer durant la classe d'art dramatique. Non pas à cause de ce qui est arrivé à Lucy — ou à la façon dont son accident semble relié à mon incident avec le parapluie. Non, c'est à cause d'Eric, le supposé petit ami de Lucy.

Il me fixe de son regard brumeux durant toute la période. Je ne peux pas m'empêcher de le dévisager. Ni de penser que si Lucy n'était pas à l'hôpital dans le coma, ce serait différent. Je m'efforce de chasser de mon cerveau ces idées angoissantes.

Vers la fin du cours, lorsque le professeur nous demande de nous asseoir sur la scène, Eric se précipite pour s'asseoir à côté de moi. Son empressement est si évident que tout le monde le remarque. Il est tout près de moi et je sens la chaleur de son bras. Mon cœur bat si fort que ça me distrait. Puis, juste avant le son de la cloche, il approche ses lèvres de mon oreille.

— Je pense que je viens d'avoir un coup de foudre, murmure-t-il.

— *Quoi?* Qu'est-ce que tu as dit?

J'espère n'avoir pas bien compris.

— Coup de foudre, répète-t-il.

Je suis toute retournée.

— Je pense que tu te trompes, Eric,

lui dis-je. Écoute ce que dit le professeur, d'accord?

Mais il ne m'écoute pas. Il n'arrête
pas de me dévisager.

Je sursaute lorsque la cloche sonne; il
me serre l'épaule et rit. Mon sang ne fait
qu'un tour.

— Pourquoi es-tu si nerveuse,
Claire? Et non, il n'y a pas erreur sur
la personne. Allons dîner ensemble,
d'accord?

Lorsque je saute en bas de la scène et
me dirige vers les portes de l'auditorium,
il marche à côté de moi. Je m'arrête et le
regarde droit dans les yeux.

— Mais… et Lucy, alors? Je croyais
que vous étiez ensemble.

— Ah oui, tu sais ce qui lui est arrivé?
Une mauvaise chute. Ses parents doivent
être fous d'inquiétude à son sujet.

— Oui, en effet, dis-je.

— Mais nous ne sommes pas vrai-
ment *ensemble*. Je l'aime bien, c'est sûr.

Mais toi, Claire, je te remarque de plus en plus ces derniers temps.

— Ah oui?

Je n'en crois pas encore mes oreilles.

— Ouais, je crois que je ne te connaissais pas très bien avant. Et je pense que tu es une bonne actrice aussi. Assez naturelle comparée à d'autres.

— Tu crois?

Je ne suis pas encore très sûre de moi comme actrice. Et je suis nerveuse devant la classe, surtout pendant les séances d'improvisation.

— Eh bien merci, Eric. C'est gentil à toi de me dire ça.

Je lui souris. Je sens que je commence à fondre.

— Alors, on se rencontre ce midi? demande-t-il.

— Euh… pourquoi pas? dis-je en haussant les épaules.

Ça ne peut faire de mal à personne.

— Cool.

Il me fait un grand sourire auquel je ne peux résister.

— On se voit à midi, alors. On ira manger une pizza. Je te l'offre.

— Ça tombe bien. Je n'ai pas apporté de sandwich aujourd'hui, dis-je. À tout à l'heure!

Je reste plantée au milieu du corridor et je le regarde s'éloigner. Soudainement, quelqu'un me bouscule et je me retourne. Seema et Alice me regardent. Alice a un air étrange qui me met mal à l'aise.

— Tu ne perds pas de temps, toi, n'est-ce pas? Alice fronce les sourcils et ses yeux bleus sont de glace.

— Quoi? Qu'est-ce que tu veux dire?

— *Tu emménages,* voilà ce que je veux dire.

Ses yeux plissés lancent des dards empoisonnés.

Je regarde Seema. Ses yeux sont écarquillés. Elle hausse les épaules et hoche la tête. Je sais qu'Alice et Lucy sont bonnes copines et je redoute les prochaines paroles que je vais entendre.

— Est-ce que tu as *souhaité* que cet accident lui arrive? demande Alice.

Sa voix est si froide qu'un frisson me parcourt.

— De quoi veux-tu parler? De quoi parle-t-elle, Seema?

Seema hausse de nouveau les épaules.

— Mais c'est *lui* qui est venu vers *moi*, dis-je. Et puis ça ne veut rien dire. On va dîner ensemble, c'est tout.

Pourquoi dois-je des explications à Alice?

— Tu vas *dîner* avec lui? Incroyable! dit Alice. Sais-tu qu'Eric n'a même pas appelé chez Lucy pour prendre de ses nouvelles? Et maintenant tu manges avec lui. Qu'est-ce qui lui prend à ce garçon? Qu'est-ce qui vous prend à tous les deux?

Alice se retourne brusquement et s'éloigne, me laissant seule avec Seema.

— De quoi elle se mêle, celle-là? dis-je. Ce n'est pas comme si on sortait ensemble.

— Je ne sais pas. J'imagine qu'Alice trouve ça indélicat.

Seema mordille son pouce comme elle le fait lorsqu'elle est nerveuse.

— Et *toi*, qu'est ce que tu en penses?

— Je ne sais pas, dit-elle. C'est si terrible, ce qui arrive à Lucy. Je ne peux penser à rien d'autre en ce moment. Je la vois étendue sur son lit d'hôpital dans un coma. Comment ces choses peuvent-elles arriver à quelqu'un par hasard?

Par hasard? Est-ce vraiment un hasard? *Prends garde à ce que tu souhaites.* Un malaise me saisit et j'ai presque envie de vomir. Comment puis-je aller dîner avec Eric alors que tout le monde pense que je profite du malheur de Lucy?

La cloche retentit de nouveau, me faisant sursauter.

— Je dois aller à mon prochain cours, Claire. On se voit plus tard.

Juste avant de partir en courant dans le corridor, elle me regarde bizarrement. Ce regard me dit qu'elle pense comme Alice, à cause du malheur qui est arrivé à Lucy, je suppose.

Malheur. Hum! Malheur pour Lucy, mais bonheur pour moi? L'éclair me revient à l'esprit. Et je ressens le choc de nouveau. Les coïncidences commencent à me faire peur. C'est à ce moment-là que tout a commencé à changer dans ma vie. Mais je ne sais pas encore si c'est un changement pour le meilleur ou pour le pire.

C'est alors que je prends une décision. Je ne peux pas continuer comme ça. Je ne peux pas aller dîner avec Eric. Qu'est-ce que les autres vont penser de moi? Que je suis détestable. Je n'ai jamais aimé créer des remous. Je me suis toujours efforcée d'être aimable, pas haïssable.

D'ailleurs, je ne déteste pas Lucy *tant* que ça. Parfois j'ai l'impression qu'elle ne m'aime pas. Et je ne peux pas m'empêcher d'avoir le béguin pour Eric non plus. Rien de sérieux. Je n'ai jamais voulu qu'il arrive un malheur à Lucy — ce n'était qu'une création de mon imagination débridée. Il n'est pas possible de *faire* arriver quelque chose, n'est-ce pas? Et ce parapluie! Je suis si confuse que j'ai envie de crier.

Le reste de l'avant-midi est noyé dans un épais brouillard. Mais, heureusement, j'ai un plan. Je vais me mettre à courir aussitôt que la cloche de midi sonnera. Il faut que je m'éloigne pour un certain temps, que je prenne mes distances par rapport à l'école et à toutes les choses étranges qui me sont arrivées aujourd'hui.

Chapitre cinq

Fidèle à ma résolution, aussitôt que la cloche sonne, je cours vers mon armoire avant qu'Eric n'arrive, j'attrape mon manteau et file comme l'éclair vers la maison. Mais un autre choc m'y attend.

L'auto de mon père est dans l'entrée. Qu'est-ce qu'il fait là? Depuis un certain temps, papa évite notre maison comme si maman et moi étions contagieuses.

J'ai presque peur d'entrer. Et avec raison, semble-t-il.

Ma mère et mon père sont blottis l'un contre l'autre sur le sofa du salon. Ils ont l'air éperdument amoureux et la main de mon père caresse la cuisse de ma mère.

— Qu'est-ce que tu fais ici à midi? demande ma mère.

Je ne réponds même pas. Je ne peux m'empêcher de dévisager mon père. Une ancienne douleur commence à ressurgir en moi, le souvenir des mauvais traitements qu'il a fait subir à ma mère il n'y a pas si longtemps. C'est comme lorsqu'on gratte une plaie à peine guérie.

— Et *toi*, qu'est-ce que tu fais ici? Et pourquoi est-ce que vous vous pelotez comme ça?

Je n'essaie pas de cacher mon dégoût.

— J'étais ici chez moi, tu te rappelles, Claire?

Le sourire de papa est mielleux et dégoûtant.

— Eh bien plus maintenant. Tu as décidé de nous quitter pour une ravissante idiote blonde, tu te rappelles?

— Ce n'est pas juste, Claire. J'ai rencontré Jill *après* notre séparation. Ce n'est pas elle qui en a été la cause.

Il a l'air piqué au vif, comme si je l'avais frappé au visage.

Ben oui, et tu penses que je vais te croire!

— Eh bien nous ne voulons plus te voir, dis-je.

— Parle pour toi, Claire, dit ma mère, s'accrochant à lui.

Je voudrais la secouer, lui rappeler qu'elle a commencé à changer sa vie. Hier, elle allait prendre le taureau par les cornes.

— Tu me fais de la peine, Claire, dit papa. Et d'ailleurs, j'ai changé d'idée. Ça m'a frappé comme un éclair.

C'était totalement inattendu. Tout ce dont j'ai besoin est ici dans cette maison. Alors je reviens. Il faudra t'habituer.

Pas encore une histoire d'éclair! Ça me hante comme un cauchemar. Ma mère a l'air d'une chatte satisfaite. Je l'entends presque ronronner.

— Mais maman, et tous tes plans? Tout ce que tu m'as dit hier? Tu disais que tu en avais assez de rester assise toute la journée à broyer du noir. Lorsque je suis partie pour l'école ce matin, tu allais te trouver un emploi.

— Mais ensuite papa est arrivé. Juste comme je partais. Tout va aller mieux maintenant, n'est-ce pas, Rick?

— Tu as raison, chérie.

Papa lui plante un baiser mouillé sur les lèvres. J'ai envie de vomir.

— Mais pourquoi est-ce que tu n'es pas au travail? lui dis-je.

J'ai besoin d'en savoir plus. Pourquoi il est revenu. La vraie raison. Ce qui est arrivé *cette fois-ci*. Mais je sais d'avance ce qu'il va répondre.

— Eh bien, j'ai comme perdu mon emploi.

Il baisse les yeux maintenant. Il ne peut même pas me regarder. Je sais pourquoi. C'est déjà arrivé avant et en général, c'est à cause de son laisser-aller au travail et du fait qu'il arrive en retard la moitié du temps. On dirait un éternel adolescent. Il aime jouer aux cartes, boire avec ses amis le soir et se coucher tard. Se lever tard. Jouer au hockey et au football avec « les gars » dès que l'occasion se présente ou juste flâner avec eux et raconter des conneries. Ce qui fait qu'il est régulièrement congédié et touche l'assurance-emploi jusqu'à ce qu'il trouve un autre travail.

Nous avons toujours été locataires et le rêve de maman d'avoir une maison à elle ne s'est jamais réalisé. J'en ai assez de vivre de l'aide sociale et je sais qu'elle partage mon sentiment. Mais ce matin, j'ai cru qu'elle s'apprêtait à sortir de ce cercle vicieux.

— Perdu ton emploi, hein, papa? Est-ce que tu as été mis à pied ou bien est-ce que tu as été *renvoyé*?

— Ne sois pas cruelle, Claire, intervient maman.

Elle ne peut pas me regarder non plus. Elle sait que je ne suis pas contente de la tournure des événements.

J'ai la bouche tellement sèche que je peux à peine avaler. Il ne *peut pas* revenir. Maman n'est pas encore remise du traumatisme de son départ. Elle vient à peine de se lever après avoir été vautrée sur le sofa pendant des mois. Il est évident que si elle le reprend, il va continuer de lui jouer la même scène encore et encore, comme il l'a toujours fait.

Aveuglée par les larmes, je trébuche lorsque je passe devant eux en fuyant vers ma chambre. Je claque la porte derrière moi et me laisse tomber sur le lit. J'essaie de comprendre pourquoi je me retrouve dans ce carrousel infernal et comment je pourrais l'arrêter.

Je suis incapable de retourner à l'école ce jour-là. C'est comme si j'avais été terrassée par une fatigue telle que je ne peux rien faire d'autre que dormir. Je dors donc pendant que mes parents se bécotent sur le sofa. Je m'éveille à la brunante au son de leurs rires d'amants grivois qui montent de la cuisine comme une mauvaise odeur. Il y a des murmures et des fous rires et de longues pauses sans doute attribuables à de dégoûtants baisers langoureux. Après avoir subi un repas de pain de viande où ils se donnent de la purée de pommes de terre comme on nourrit un bébé, j'ai encore envie de vomir. Je cours me cacher dans ma chambre aussitôt que j'ai terminé. Je cherche le mot *coïncidence* sur Internet.

Coïncidence : une suite d'événements qui, tout accidentels qu'ils soient, semblent avoir été planifiés.

Je ne saurais pas mieux décrire ce tournant bizarre que ma vie a pris depuis que j'ai retiré ce foutu parapluie de la poubelle. Depuis que j'ai été frappée par la foudre, tous mes désirs secrets ont commencé à se réaliser, même les plus inadmissibles. Je ne peux que me rendre à l'évidence.

Je n'ai pas la moindre idée de ce que je pourrais faire pour retrouver ma vie d'avant. La vie ennuyante dont je me plaignais tant il y a moins de vingt-quatre heures. Cette vie qui me paraissait compliquée n'était rien d'autre que normale.

Je suis si confuse à propos de tout ce qui m'arrive que je décide d'appeler Seema. Ça me fait toujours du bien de lui parler lorsque quelque chose me tracasse. Elle connaît les moindres détails de ma vie. Meilleures amies pour toujours, voilà ce que nous sommes, Seema et moi.

— Il est revenu, dis-je aussitôt que j'entends sa voix au téléphone.

— Qui est revenu? demande-t-elle en riant. Donne-moi un indice, Claire.

— Tu ne devineras jamais, Seem.

Elle a le souffle coupé.

— Non! Pas ton père? Pourquoi est-ce qu'il reviendrait? Je pensais que ta mère et toi en étiez débarrassées pour de bon?

— On dirait que non. Il est revenu aujourd'hui. Et ma mère s'en réjouit!

— Je suis désolée, Claire. Quelle tuile!

Seema s'arrête un instant.

— On peut dire que tu passes une mauvaise journée, n'est-ce pas? D'abord Alice, et maintenant ton père.

— Je ne te le fais pas dire. Je suis contente qu'elle tire à sa fin!

Seema rit. Il me suffit de lui parler pour me sentir un peu mieux. Il n'y a rien de tel qu'une bonne amie sur qui se défouler lorsque la vie est affreusement embrouillée.

Chapitre six

Malgré cette confusion, j'arrive quand même à préparer et mémoriser un monologue pour la pièce de théâtre. Je trouve ce monologue assez réussi, brillant même, bien que pas très long. Il est basé sur les divagations d'Ophélie extraites du quatrième acte, scène 5, de *Hamlet*, une de mes scènes préférées.

Et je parviens à l'apprendre par cœur pour l'audition de jeudi.

Il y a quelques semaines, lorsque j'ai appris que le club de théâtre allait produire *Hamlet*, je voulais à tout prix auditionner pour le rôle d'Ophélie. Mais j'ai changé d'idée à l'approche de la date d'audition. La concurrence était trop forte, surtout avec Lucy, la reine des actrices. J'ai donc décidé de me contenter d'auditionner pour le rôle de la reine Gertrude.

Mais maintenant que Lucy n'est plus dans la course, je pense que mes chances sont meilleures d'obtenir le rôle d'Ophélie. La semaine avant l'audition, je choisis la scène et l'apprends par cœur. En éliminant les répliques de Laërte, on obtient un monologue empreint de drame et de folie. Un peu comme ma vie en ce moment.

Voici du romarin; c'est la fleur du souvenir. Souvenez-vous, je vous

en prie, mon cher amour, et voici des
pensées pour ne pas oublier...

À propos de pensées, je n'arrive pas
à chasser l'incident du parapluie de mon
esprit. L'éclair me revient sans cesse
à la mémoire. Je commence même à
me demander s'il y a réellement eu un
éclair ou si je l'ai imaginé. Le parapluie a-t-il vraiment été frappé? Et dans
l'affirmative, quel a été le déclencheur
des événements qui ont suivi? Est-ce
possible? Plus j'y pense, plus j'y crois.
Les derniers jours m'en ont donné la
preuve. Tout est tellement différent
depuis que « cela » est arrivé. Différent,
oui, mais certainement pas mieux.

L'état de Lucy ne progresse pas. Il
court un bruit inquiétant selon lequel
elle ne s'en remettra peut-être pas
et que si elle s'en remet, elle ne sera
jamais plus la même. Chaque fois que
j'entends des mots comme « maintien
des fonctions vitales », « débrancher »

et « don d'organes », mon estomac se contracte.

Papa ne veut pas partir non plus. Lentement mais sûrement, il reprend sa place dans nos vies, ramenant de plus en plus de ses cochonneries à la maison chaque fois qu'il se montre. Il répand son désordre dans toutes les pièces, sauf ma chambre. Il a même passé la nuit avec maman à quelques reprises cette semaine. Ils se blottissent l'un contre l'autre sous les couvertures comme dans le temps.

La paix à laquelle je m'étais habituée est maintenant chose du passé. Il se fâche toujours sans raison. Ça me rappelle que notre vie était bien meilleure lorsqu'il n'était pas là à nous la pourrir avec son attitude désagréable. Je redoute la séparation orageuse qui ne va sans doute pas tarder. Et le déchirement que va revivre ma mère.

Prends garde à ce que tu souhaites, oui, vraiment…

Jeudi après l'école, tous les élèves qui veulent obtenir un rôle dans la pièce s'assoient pour assister à la performance de leurs rivaux. Les amis des acteurs viennent aussi les encourager.

Je suis la dernière à auditionner pour le rôle d'Ophélie, après Madeline et Taylor. Elles sont toutes deux assez bonnes et je me croise les doigts pour que mon audition soit la meilleure. Et malgré ma fébrilité, je ne peux pas ignorer le sentiment de culpabilité qui me tiraille.

Je sais très bien qu'Ophélie est le rôle que Lucy avait choisi. Mais elle n'est pas ici. Elle est étendue sur un lit d'hôpital à l'autre bout de la ville, branchée sur toutes sortes de machines qui font des bips. J'entends les chuchotements des autres acteurs. Tout le monde est certain que si elle était ici, Lucy obtiendrait le rôle haut la main. La voix d'Alice est la plus forte, évidemment.

Je suis sûre qu'elle veut que je l'entende.

— Pauvre Lucy, dit Alice à tue-tête. Dommage qu'elle ne puisse pas être ici aujourd'hui. Elle aurait été parfaite. Je l'ai aidée à répéter. Avant son accident.

Lorsque je regarde de son côté, elle me dévisage avec mépris. Je détourne vite les yeux.

Madeline donne une excellente performance. Et le hasard veut qu'elle ait choisi le même passage que moi pour l'audition. Bien entendu, tout le monde applaudit lorsqu'elle a fini. Peut-être ne suis-je pas aussi géniale que je l'ai cru.

Au tour de Taylor maintenant. Elle bute contre les mots à quelques reprises. Et chaque fois, Alice s'esclaffe et chuchote des commentaires à ses voisines. C'est bientôt mon tour et j'ai le trac.

Mon estomac se noue, malgré la présence de Seema qui est venue m'encourager. Une vague de chaleur m'envahit de la tête aux pieds, comme si j'entrais dans un sauna. Est-ce l'effet de la nervosité ou de la culpabilité? Et pourquoi est-ce que je me sentirais coupable? Le fait que Lucy ne soit pas ici n'a absolument rien à voir avec moi. N'est-ce pas? Je sens que tout le monde me regarde. Mais lorsque je me retourne pour vérifier, ce n'est pas le cas. Et même si personne ne me regarde, ça ne m'empêche pas d'être paranoïaque.

C'est pourquoi je quitte la salle comme un éclair — juste avant qu'on ne m'appelle pour l'audition. Parce que j'en suis incapable. Je ne peux simple-ment pas essayer d'obtenir le rôle que Lucy mérite. Je me sens trop coupable.

Je suis seule dans le corridor et j'essaie de reprendre mon souffle. Je me demande si je perds complètement la boule. Je ferme les yeux et appuie ma joue sur le mur pour me rafraîchir. Je respire profondément. Je soupire.

J'essaie de trouver le courage de retourner m'asseoir pour attendre mon tour. Puis je décide qu'il vaut mieux essayer d'obtenir le rôle de la reine Gertrude ou même de Rosencrantz ou Guildenstern. Les yeux fermés, j'essaie d'habiter mon personnage et de me concentrer sur mon rôle. Je le repasse rapidement dans ma tête. Puis j'entends quelqu'un se glisser tout près de moi.

Lorsque j'ouvre les yeux, Eric est là. Lui aussi a une joue appuyée contre le mur. Il me dévisage et son sourire est arrogant.

— Est-ce que je peux t'embrasser? demande-t-il.

— *Quoi?*

Mon cœur palpite comme un papillon affolé.

— Tu m'as entendue. Laisse-moi t'embrasser, Claire. Là, tout de suite. J'en ai envie depuis le jour où nous nous sommes parlé.

— Tais-toi. Ce n'est pas vrai. Tu mens, Eric.

Pourquoi est-ce que je dis ça? Est-ce que je ne rêve pas de ce moment depuis le début de l'année scolaire? *Qu'est-ce qui ne va pas, Claire?* C'est le gars qui me fait ramollir les jambes. Le gars sur qui je fantasme. Mais pour une raison quelconque, bien que tout mon corps dise OUI à sa demande, une voix inconnue dans ma tête crie NON!

— Euh, je ne pense pas, dis-je en reculant. Il faut que je retourne à l'audition. Est-ce que tu ne veux pas un rôle dans cette pièce?

— Non, dit-il. Je déteste Shakespeare. Laisse-moi t'embrasser, Claire. Allez.

Où est passé tout le monde? Pourquoi les corridors sont-ils si vides? Ils ressemblent habituellement à une fourmilière après l'école, grouillants d'élèves qui font partie de clubs ou d'équipes sportives. Mais pas en ce moment, où Eric se comporte de façon bizarre et inquiétante. Et — plus désolant encore — me rappelle mon *père*. Ouache!

— Euh, regarde, Eric, je dois y aller. Tout de suite.

Puis il m'attrape par les épaules et plante un baiser mouillé sur mes lèvres. Avec beaucoup trop de langue. Et pour une raison qui échappe à la logique, tout ce que ça me rappelle à ce moment-là, ce moment que j'attends depuis si longtemps, c'est ma mère et mon père qui échangent des baisers langoureux sur le sofa! Dégoûtant!

Je le repousse.

— *Arrête* ça, veux-tu! *Qu'est-ce que tu fais?*

— Je t'embrasse, Claire. Je sais que tu le veux, dit-il.

— Oh, *pour l'amour du ciel*! Ce n'était pas un baiser, ça, Eric. C'était une ventouse mouillée sur mon visage.

Absolument dégoûtant! Qu'est-ce qui te prend?

Il essaie de me prendre dans ses bras mais je m'échappe. Je n'arrive pas à y croire! Je le repousse de nouveau, pour que le message soit parfaitement clair.

Puis je me retourne, ouvre la porte de l'auditorium et entre. Je souhaite que la langue baveuse d'Eric reste prise dans la porte lorsque je la referme d'un coup sec derrière moi.

— Claire? Claire Watkins? appelle le professeur d'art dramatique. En scène tout de suite, s'il vous plaît. C'est votre tour d'auditionner pour le rôle d'Ophélie.

— J'ai changé d'idée, Madame Wilding, dis-je en courant. Je veux plutôt le rôle de la reine Gertrude.

Oh là là!

Chapitre sept

Je dois réciter mon monologue d'Ophélie pour le rôle de Gertrude parce que c'est le seul rôle que je connaisse. J'y mets autant d'émotion que je peux. Ce n'est pas trop difficile : le comportement bizarre d'Eric m'a donné la chair de poule et je me demande si je ne deviens pas folle moi aussi. Je n'ai pas à faire beaucoup d'efforts pour divaguer comme Ophélie.

Je chante même les parties que chante Ophélie. J'improvise un air et y colle les mots. Je suis surprise quand tout le monde applaudit à la fin de mon audition, comme pour Madeline. Je me sens bien pour une fois.

— Claire, c'était sensationnel, dit Seema lorsque je me glisse sur le siège voisin du sien. Comment y es-tu arrivée?

— Je ne sais pas, dis-je en hochant la tête. Faut croire que c'est ma journée.

— Je suis *sûre* que tu auras ce rôle. Tu le sais, n'est-ce pas?

— Celui de la reine Gertrude. Ce serait tout à fait cool.

— Non. Celui d'*Ophélie*. C'était toi la meilleure. *Honnêtement*.

— Mais je ne veux *pas* de ce rôle. Ce rôle devrait aller à Lucy.

— Mais elle n'est pas ici, n'est-ce pas? dit Seema. Détends-toi, Claire. Qu'est-ce que tu as? Tu n'es *pas* responsable de ce qui est arrivé à Lucy.

Alors pourquoi est-ce que je me sens coupable? Je me tourne vers Alice. Elle m'observe avec son masque style « reine de glace ». Lorsque nos regards se croisent, je frissonne et détourne les yeux. Alice a auditionné pour le rôle de Gertrude elle aussi, et elle s'est assez bien débrouillée. Je pense qu'elle devrait être souriante. Mais en ce moment, elle me foudroie du regard...

Je prends ma décision après l'école. Au lieu de rentrer à la maison, où maman et papa sont sans doute en train de se peloter et de se bécoter, ou de se quereller, je saute dans le bus qui va à l'hôpital. Je ressens un besoin soudain de voir Lucy. Je veux lui parler, même si elle ne peut pas m'entendre.

Lucy et moi n'avons jamais été proches. Seulement des camarades de classe qui échangent parfois quelques mots. Je ne la considère comme une rivale que depuis ma fixation sur Eric et sur le rôle d'Ophélie. Et maintenant je ne peux pas m'empêcher de penser à elle, couchée dans ce lit d'hôpital, au seuil de la mort. Ça doit être absolument terrifiant pour sa pauvre famille. Et d'une certaine façon, je me sens responsable.

Ce maudit parapluie. C'est comme un mauvais sort. Aussitôt que je l'ai ouvert, j'ai été frappée par la foudre et ma vie, comme celle de beaucoup d'autres, a été chambardée. J'ai essayé de me convaincre que rien de tout ça n'est ma faute, que la foudre n'a pas pu provoquer ces changements. Mais impossible de continuer à y croire. Tout est différent. Il y a du bon et du mauvais

et c'est complètement déroutant.
Il faut absolument que ma vie reprenne
son cours normal! Ça ne m'étonne pas
que quelqu'un ait jeté ce parapluie à la
poubelle. Je me demande si la vie de
cette personne a été aussi perturbée que
la mienne en ce moment.

Je n'ai jamais aimé les hôpitaux.
L'odeur de désinfectant, les voix basses
et angoissées. Dans chaque corridor, un
patient branché sur une intraveineuse
avance d'un pas chancelant, comme
s'il allait s'écrouler. Tout le monde
a l'air triste et abattu. C'est ce qui me
décourage devant les portes coulissantes.
Et la perspective de ce que je vais voir
lorsque je serai dans la chambre de Lucy.

Un vrai cauchemar!

Je m'arrête à la boutique de cadeaux
pour acheter un tout petit ourson pour
Lucy. Il a l'air tricoté à la main, mais
il est mignon et pas cher. La dame du
comptoir d'information me dirige vers

le service de soins intensifs au troisième. Le *service de soins intensifs*. Là où vont les gens très malades. Pour se rétablir, ou pas. J'ai la chair de poule.

Je marche lentement dans le corridor comme si je suivais un cortège funèbre. Je regarde droit devant moi, de crainte de ce que je pourrais voir dans une de ces tristes chambres. Au poste de garde du troisième, j'essaie d'éviter le regard de l'infirmière lorsque je prononce le nom de Lucy.

— Lucy. Lucy Mantella.

— Sa famille est avec elle en ce moment, dit l'infirmière sans lever les yeux. Troisième porte sur la droite. Attendez que quelqu'un sorte. Elle ne peut avoir plus de deux visiteurs à la fois. Et seulement de la famille. Vous êtes de la famille?

— Euh… oui. Je suis sa… cousine.

— D'accord, dit-elle, m'indiquant de la tête la direction de la chambre.

Je m'enfonce dans un fauteuil à l'entrée de la porte de Lucy. La porte est fermée. Peut-être que le médecin est là. Peut-être une infirmière. Peut-être que je devrais me sauver en courant avant que la porte ne s'ouvre. Je pourrais laisser le petit ourson sur le fauteuil et détaler comme un lapin apeuré. C'est *tellement* difficile de faire face.

C'est à ce moment-là que la porte s'ouvre. Une femme sort. Elle a l'air complètement démolie. La mère de Lucy. Elle a les yeux cernés et les cheveux en désordre. Elle sursaute, surprise de me voir là. Je sursaute un peu moi aussi. Il est maintenant trop tard pour m'enfuir.

Je me lève et essaie de sourire. Sans trop de succès car mes lèvres n'arrêtent pas de trembler.

— Oh! Bonjour. Vous m'avez surprise, dit-elle en chuchotant.

— Je m'excuse, dis-je. Puis je lui tends l'ourson.

— Qu'il est adorable! C'est... c'est pour Lucy?

Je fais signe que oui de la tête. Je n'arrive pas à parler.

— Mais qui es-tu? demande Mme Mantella. Sa voix est douce et aimable.

— Je... Je... suis juste une amie, dis-je. Je m'appelle Claire Watkins. Tous les élèves de l'école sont inquiets au sujet de Lucy. Il fallait que je vienne voir comment elle va.

Le visage de Mme Mantella s'assombrit et elle soupire. Je crains qu'elle ne soit fâchée. Mais elle me tend les bras et me serre fort contre sa poitrine.

— Tu ne peux pas t'imaginer à quel point ton geste me touche, me dit-elle à l'oreille.

Apparemment, je suis la toute première amie de Lucy à me rendre à l'hôpital. Et je ne suis même pas une amie *proche*! Alice n'est pas encore venue. Elle a téléphoné à la maison une seule fois. Mme Mantella se renfrogne lorsque je mentionne Eric. Il n'est pas venu lui non plus. Je n'en suis pas le moindrement surprise.

— C'est parce qu'ils ont tous peur, m'explique Mme Mantella. Ils ont peur de ce que je pourrais dire. Peur de me voir pleurer.

Deux grosses larmes se mettent à couler lorsqu'elle dit ça.

— Et qui n'aurait pas peur? ajoute-t-elle. C'est une situation difficile pour tout le monde.

Puis elle me serre la main.

— Je sentais qu'il fallait que je vienne, dis-je en chuchotant.

Parce que je crois que tout ça est ma faute, chuchote une petite voix dans ma tête.

— Tu es bien brave d'être venue, dit-elle. Je regrette que tu ne puisses pas entrer tout de suite. Le médecin est là et ils font des tests. La bonne nouvelle, c'est que son état est stable, dit-elle avec un faible sourire. Il y a cinquante pour cent des chances qu'elle s'en remette, tu sais.

Je pousse un profond soupir. C'est la meilleure nouvelle que j'aie entendue depuis longtemps. Nous nous levons toutes deux et elle me serre de nouveau dans ses bras.

— Je lui dirai que tu es venue, Claire, et je ne manquerai pas de lui donner cet ourson, dit Mme Mantella. Elle sera si heureuse de savoir que tu es venue aujourd'hui.

Puis elle disparaît derrière la porte de la chambre de Lucy.

Chapitre huit

Lorsque je reviens à la maison, l'auto de papa est là, évidemment.

Je passe la porte d'entrée et vais directement à ma chambre. Je ne regarde même pas du côté du sofa, où je sais qu'ils sont assis. Ils sont probablement en train de se peloter. Dégoûtant! Je n'ai pas besoin qu'on me rappelle Eric et sa langue envahissante.

Je suis encore abasourdie après ce qui est arrivé cet après-midi. Je ne veux pas jouer Ophélie et j'espère que Seema a tort de croire que je vais obtenir ce rôle. Je ne peux pas m'empêcher de penser à Lucy et aux yeux tristes de sa mère. Et à la culpabilité que j'ai ressentie en voyant ces yeux. Étrange aussi que, malgré tout le bavardage à l'école, personne ne soit allé voir Lucy. J'avais peur d'y aller moi aussi, mais je me sens mieux après avoir réconforté Mme Mantella pendant au moins quelques minutes.

Je m'installe à mon bureau pour commencer une rédaction. Je me demande s'il y aura un repas en famille ce soir. Tout d'un coup, j'entends un vacarme. La porte d'en avant claque si fort que les fenêtres de ma chambre sont ébranlées. Je me fige. Je redoute ce que je vais entendre ensuite. Les sons se propagent facilement à travers les murs minces des HLM. Puis je l'entends.

Le son déchirant des sanglots étouffés de maman.

La rage me saisit à la gorge. Comment peut-il lui faire ça encore une fois? Je cours vers le salon. Toutes les lumières sont éteintes et maman est recroquevillée sur le bras du sofa et pleure à fendre l'âme. J'allume une lampe.

— Qu'est-ce qu'il a encore fait, maman?

— Rien, murmure-t-elle dans le sofa. Va-t-en, Claire. Je n'ai pas envie d'en parler maintenant.

— Eh bien, tant pis, dis-je.

Puis je m'installe sur le sofa à côté d'elle et je commence à masser son épaule. Je remarque alors une grosse marque rouge sur son avant-bras. Je n'en avais pas vu depuis des mois. Une coïncidence? Je ne pense pas.

— C'est quoi, ça? dis-je en la touchant doucement du bout du doigt.

— Laisse faire, dit-elle en ramenant la manche de son chandail pour la cacher.

— Il a recommencé, n'est-ce pas, maman? dis-je en chuchotant.

— Non. Longue pause. Je me suis frappée sur une poignée de porte.

Sa voix est étouffée, mais je sais qu'elle ment. Elle ne peut jamais me regarder dans les yeux lorsqu'elle ment au sujet de papa.

— Maman! Pourquoi te laisses-tu faire? Et pour quelle raison était-ce cette fois-ci?

— Parce que…

Elle renifle et se redresse. Ses yeux sont rougis et son visage est enflé et barbouillé de larmes. Mais il y a quelque chose de différent cette fois-ci. Elle a l'air renfrogné et ça, c'est bon signe.

— Parce qu'il voulait de l'argent pour acheter de la bière. Je lui ai répondu que *je n'en ai pas*. Nous avons besoin de tout notre argent pour vivre, n'est-ce pas? Nous en avons tout juste assez, *n'est-ce pas*? Ensuite… ensuite il a demandé où était mon sac et je n'ai pas voulu le lui dire. Je l'ai caché, Claire. Je l'ai caché pour qu'il ne puisse pas le trouver.

— Maman! Tu es géniale. Sans blague. Tu n'as jamais osé faire ça avant!

Je la serre fort dans mes bras.

— Je suis géniale? Elle a l'air surprise. Personne ne m'a jamais dit ça.

— Pourquoi as-tu fait ça, maman? Cacher ton sac, je veux dire. Ne pas lui donner d'argent. Comment se fait-il que tu aies trouvé le courage cette fois-ci?

Maman soupire. Je lui tends la boîte de papiers-mouchoirs qui se trouve sur la table à café et elle se mouche. Puis elle essuie son visage sur sa manche. Ses yeux s'arrêtent sur la marque rouge et elle la touche.

— Parce que je me suis rappelé ton regard l'autre jour lorsque tu as vu qu'il était ici. Et je me suis rappelé toute la détresse que nous avons vécue. Tu as raison, Claire.

Elle pousse un autre soupir. Je me blottis contre elle et appuie ma tête sur son épaule.

— Maman, il faut que je te le dise. Tu es sensationnelle.

Je ne veux pas fonder trop d'espoir sur cette première victoire. Je sais qu'il reviendra. Ce n'est pas la première fois qu'il agit de cette façon et claque la porte dans un accès de rage. Mais il revient toujours, avec des fleurs qu'il a cueillies ou une grosse sucette aux couleurs de l'arc-en-ciel. Quelque chose de gentil et romantique. Il réussit toujours à l'attendrir et à se faire pardonner. Et à s'insinuer de nouveau dans notre vie.

Et le cycle recommence.

Maman et moi mangeons des pâtes pour souper, puis j'essaie de me concentrer sur ma rédaction pendant le reste de la soirée. Mais le moindre bruit me fait sursauter. Je n'arrête pas de me lever pour regarder par la fenêtre chaque fois que j'entends fermer une porte d'auto. Ce qui veut dire souvent, parce qu'il y a un fort va-et-vient d'autos dans notre complexe de maisons en rangée.

Je m'assure que les portes sont bien verrouillées. Je ne veux pas qu'il revienne ce soir ni aucun autre soir. Je ne veux pas que maman soit chavirée de nouveau. Je veux qu'elle continue de refaire sa vie. Elle est différente lorsqu'elle a de l'espoir. Je pense que nous sommes capables de raccommoder notre vie. Nous pouvons nous en construire une à l'abri des tempêtes qu'il provoque sans cesse.

J'ai à peine fini d'écrire le premier paragraphe de ma rédaction lorsque le téléphone sonne. Je l'attrape avant que maman ne puisse répondre.

— *Allô?*

Ma voix est encore fâchée. Je n'y peux rien.

Longue pause.

— *Claire?*

Oh! non. Pas lui!

— Euh… Eric?

— Ouais, dit-il. C'est quoi ton problème?

— Hein? Qu'est-ce que tu veux dire?

— Ne fais pas semblant. Tu *sais* ce que je veux dire, Claire.

Sa voix est basse et presque menaçante.

— Tu *sais* que tu me veux!

— Où vas-tu chercher ça?

Il commence à me tomber sur les nerfs. Comment peut-il penser que je l'aime?

— Pourquoi m'as-tu repoussé aujourd'hui? Je pensais qu'on avait une bonne relation.

— Nous n'avons *pas* de relation du tout, Eric, dis-je en grommelant. Nous avons bavardé l'autre jour, c'est tout. Puis aujourd'hui, tu as essayé de m'étouffer avec ta langue! Et maintenant, pour une raison que j'ignore, tu penses que je te dois quelque chose.

— Mais tu m'as dragué. J'ai senti tes vibrations.

Vraiment? Ce n'était pas voulu. Ou peut-être que oui. Mais à ce moment-là, je pensais que je l'aimais. Et je ne m'étais pas rendu compte à quel point il est nul. Et qu'il embrasse comme une ventouse!

— Écoute, Eric. Il y a eu malentendu. Et, au fait, c'est *toi* qui as un problème. N'appelle plus *jamais* ici, d'accord?

Je raccroche et souris. Je commence le deuxième paragraphe de ma rédaction.

Chapitre neuf

J'ai peine à croire combien ma vie a changé en moins d'une semaine. Vendredi matin, en route vers l'école, je ne peux pas penser à autre chose. Je me fais une liste de toutes les choses étranges qui se sont produites depuis l'incident du parapluie.

Le parapluie est toujours appuyé contre le mur de l'entrée à la maison.

Je n'y ai pas touché depuis dimanche. J'ai peur que sa poignée courbe ne soit encore chaude. Ou qu'il me lance une autre décharge de son énergie bizarre. Mon imagination est peut-être un peu trop fertile, mais je ne peux m'empêcher de me demander si tout ça s'est *vraiment* produit à cause de ce parapluie de malheur.

Pourquoi est-ce que je l'ai remarqué qui dépassait de la poubelle dimanche dernier? Il aurait mieux valu que je sois complètement trempée plutôt que de vivre avec cette fixation sur le parapluie! Ce que l'imagination peut jouer de tours lorsqu'on la laisse faire! Et la mienne a eu le champ libre toute la semaine.

Au cours de math ce matin, M. Sims nous remet nos copies d'examen. Je suis convaincue qu'il me dévisage chaque fois que je le regarde. Mais peut-être pas — je ne suis sûre de rien ces jours-ci. Il fait lentement le tour de la classe comme d'habitude, plaçant la copie de chaque élève à l'envers sur son bureau. Nous n'avons pas le droit de regarder nos notes avant qu'il n'ait fini de les distribuer et qu'il soit assis à son bureau, les mains croisées, et annonce :

— Bon, regardons tout ça.

Je fixe la feuille de papier sur mon pupitre. J'aimerais bien pouvoir y mettre le feu juste en la regardant. Je ne veux pas voir un A. Mais je ne veux pas voir un E non plus. Je ne veux même pas voir ma note. Je suis déjà suffisamment confuse. Je décide donc de ne pas la regarder. Je ramasse ma feuille, la plie en quatre et la glisse à l'arrière de mon classeur. Puis je me croise les doigts et regarde droit devant moi.

M. Sims me regarde dans les yeux.

— Ne vas-tu pas regarder ta note, Claire? demande-t-il.

— Non, j'aime mieux pas, monsieur. Pas tout de suite en tout cas.

Les élèves autour de moi se mettent à rire. Je n'essaie pas d'être drôle. Sérieusement. J'ai seulement très peur de regarder.

— Eh bien j'aimerais que tu regardes *maintenant*, Claire, dit-il d'un ton insistant.

— Non, merci. Je pense que je vais attendre d'être à la maison, dis-je aussi poliment que possible. Si ça ne vous dérange pas, monsieur.

J'entends quelques rires étouffés. Derrière moi, Seema me rentre un doigt dans les côtes et chuchote : « Claire. *Claire*, tu perds la tête, ou quoi? »

— Je vous verrai après la classe, Mlle Watkins, dit-il. N'en parlons plus.

Lorsque la cloche sonne, mes aisselles sont trempées. Je sais que j'ai eu tort de ne pas regarder ma copie, mais je suppose que j'essayais d'éviter quelque chose. J'avais peur de savoir et de devoir faire face au bonheur ou à la déception. Ça ne peut être que l'un ou l'autre. Il est parfois préférable de ne pas savoir. Ça permet d'entretenir l'espoir.

Je contemple les éraflures de mon pupitre jusqu'à ce que le dernier élève soit parti. Je ne peux toujours pas regarder M. Sims en face.

— Claire, dit-il, apporte ta copie à mon bureau, s'il te plaît.

— D'accord, monsieur, dis-je à voix basse en la sortant de mon classeur.

Je marche vers son bureau comme si j'avais les pieds lestés de plomb. Va-t-il m'engueuler parce que j'ai si bien réussi? Va-t-il m'accuser d'avoir triché, comme Seema?

J'ai peut-être une très mauvaise note, comme d'habitude.

— Maintenant, voyons voir, dit-il.

Je déplie la feuille lentement une fois. Puis une autre fois. Elle est à l'envers. Il la regarde, puis me regarde.

Ses sourcils forment un accent circon-
flexe. Puis ses lèvres minces commencent à former un sourire. Autant que je
me rappelle, c'est la première fois que
M. Sims me sourit.

— Eh bien, qu'est-ce que tu attends?

Je la retourne vers moi et fixe, en
clignant des yeux, la marque rouge qu'il
a encerclée deux fois.

— Tu as eu un C, Claire. C'est ta
meilleure note de l'année. Je suis très
content. Je savais que tu y arriverais.

Je ne sais pas s'il faut rire ou pleurer.
D'accord, je n'ai pas cent pour cent,
mais je n'ai pas été recalée non plus!
Je ne suis donc pas devenue un génie
des mathématiques à cause de cette
décharge électrique. Mais je ne suis
plus un zéro non plus. Et peut-être que
Seema a raison lorsqu'elle dit que je
commence à comprendre. Je n'ai jamais
pensé que ça pouvait m'arriver.

— Beau travail, Claire Watkins.

M. Sims me tend la main et je la lui serre.

Je sors de la classe, rayonnante pour la première fois.

Seema m'attend dans le corridor.

— Alors? Que s'est-il passé? Qu'est-ce qui t'a pris aujourd'hui?

Je sors mon examen de math et l'agite devant son visage. Elle me l'arrache des doigts et le parcourt d'un œil connaisseur.

— Tu as eu un C! Tu n'as pas vraiment eu *toutes* les bonnes réponses. Regarde, comment as-tu pu manquer *celui-là*?

Elle indique un problème, puis me donne un petit coup de coude et je souris.

— Fais-moi confiance, ma belle, ajoute-t-elle. Je suis certaine que je peux t'aider à avoir un C plus avant Noël!

Le reste de la journée se déroule agréablement. J'arrive même à éviter Eric et sa langue.

Je ne veux pas lui donner le moindre espoir. Je ne ressens plus rien pour lui. Plus de papillons étourdis dans le ventre, plus de jambes molles — rien du tout. Je suis encore à essayer de comprendre comment tout ça a commencé. Je prends la résolution d'examiner mes motifs de plus près la prochaine fois que je tomberai amoureuse de quelqu'un.

Après les cours, la distribution des rôles de *Hamlet* est affichée à côté de l'entrée des artistes. Je ne suis pas très pressée de regarder. C'est un autre moment que j'attends avec autant de crainte que d'espoir. Mais je n'ai pas besoin de regarder. La voix stridente d'Alice résonne dans le corridor et me transperce les tympans.

— Je n'arrive pas à croire que *Claire* a eu le rôle de *Lucy*! Ce n'est pas *juste*.

Je reste figée sur place. Puis je me retourne, me précipite vers la porte principale et me retrouve dans la fraîcheur d'un après-midi de novembre.

Chapitre dix

Je fais presque tout le trajet vers la maison au pas de course. Je ralentis en arrivant à notre HLM. J'ai peur d'y trouver l'auto de papa et de découvrir que maman a cru une fois de plus ses vaines promesses.

Et comme je le craignais, l'auto est là. Je soupire et traîne les pieds jusqu'à la porte d'entrée. Mes jambes sont de nouveau lourdes comme du plomb.

J'entends sa voix avant même d'ouvrir la porte. Il gueule, comme d'habitude. Je jette un coup d'œil furtif au salon. Maman est assise sur le sofa et regarde la télé. Une rose rouge gît sur le tapis au milieu du plancher.

J'entends les grognements furieux de papa à l'étage, accompagnés de coups et de fracas. Le visage de maman est un masque imperturbable, dur et froid. Mais elle sourit lorsqu'elle m'aperçoit.

— Oh, bonjour ma chérie, dit-elle. Je regardais les nouvelles.

— Euh... qu'est-ce qui se passe, maman?

Je me penche pour ramasser la rose. Elle est en plastique.

— Tu peux jeter *ça* dans la poubelle, dit-elle. J'ai dit à ton père de ramasser ses affaires et de ficher le camp. J'en ai assez.

— On dirait qu'il est très fâché, dis-je.

Puis je me dirige vers la cuisine et laisse tomber la rose dans la poubelle.

— Il va s'en remettre, dit maman. Il est temps pour nous de tourner la page.

Je m'assois à côté d'elle sur le sofa, si proche que nos bras se touchent. Papa arrive dans le salon en traînant un gros sac de hockey rempli à ras bord. Il n'a *pas* l'air content. Il laisse tomber son sac dans le passage et nous dévisage.

— Eh bien, Claire, on dirait que c'est fini pour de bon cette fois-ci. Ta mère se comporte comme une véritable idiote. Elle ne veut même pas me parler. Alors dis-lui donc que ceci est sa dernière chance.

— Papa dit que c'est ta dernière chance, maman.

— Dis-lui que *je* lui souhaite *bonne chance*, répond maman. Parce qu'il va en avoir besoin.

— Maman te souhaite *bonne chance*, papa.

Papa lâche quelques jurons bien choisis avant de ramasser son sac. Il se dirige vers la porte d'en avant, puis s'arrête.

— Claire, ma chérie, peux-tu prêter dix dollars à ton pauvre vieux père?

Il a ce sourire mielleux qui faisait jadis tant d'effet à ma mère.

— Quelle malchance, papa, dis-je. Je suis fauchée moi aussi.

Il n'est pas près de mettre la main sur mon argent durement gagné en faisant du baby-sitting.

— Allons, Claire. Tu dois avoir une tirelire quelque part dans la maison avec quelques pièces d'un et de deux dollars. Je vais te les remettre, promis.

Une tirelire? Il est incroyable, cet homme-là.

— Au revoir, papa.

Mes yeux croisent ceux de maman. Les siens sont très légèrement plissés de joie.

— Qu'est-ce que vous avez, vous deux? crie papa. Vous allez le regretter, vous savez. Vous allez le regretter. Voyons comment vous allez vous débrouiller sans moi.

La porte claque. Les fenêtres s'entrechoquent. Maman et moi sourions.

Nous nous payons une pizza pour célébrer son départ. J'extrais des pièces d'un et de deux dollars de ma « tirelire » pour l'occasion. Puis nous nous blottissons l'une contre l'autre sur le sofa sous une couverture et échangeons des massages de pieds tout en regardant un vieux film. Après le film, nous allumons des chandelles et bavardons jusque passé minuit.

Je lui parle de Lucy et de ma rencontre avec sa mère à l'hôpital et les larmes lui montent aux yeux. Puis je lui explique comment j'ai obtenu le rôle d'Ophélie alors que je ne le voulais même pas et de la culpabilité que j'éprouve. Maman répond qu'elle ne me blâme pas du tout et qu'elle éprouverait le même sentiment. Lorsque je lui parle de la langue dégoûtante d'Eric, elle éclate de rire. Nous sommes pliées en deux. Comme c'est agréable!

Nous allons finalement nous coucher aux premières heures du matin. Je tombe dans un sommeil profond dès que ma tête touche l'oreiller. Je ne me rappelle pas avoir si bien dormi depuis longtemps.

Tard le lendemain matin, le téléphone sonne et maman l'attrape avant moi. J'espère que ce n'est pas papa qui appelle pour la supplier de le reprendre. Mais même si c'était le cas, je suis certaine de ce que maman lui répondrait. Elle est différente maintenant, plus confiante et déterminée à avancer. Ça me fait vraiment plaisir de voir ça.

— Claire, c'est pour toi, dit-elle. Une voix de femme.

— Une femme?

Du baby-sitting pour ce soir, peut-être? Je suis assez en demande comme baby-sitter dans le HLM et j'aime bien avoir de l'argent de poche.

— Allô? dis-je, une note d'espoir dans la voix.

— Claire? Bonjour, ici Angie Mantella, la mère de Lucy.

— Oh, bonjour, Mme Mantella.

Ma voix exprime la crainte. Pourquoi m'appelle-t-elle?

— J'ai pensé que tu aimerais savoir que nous avons débranché Lucy ce matin.

Mon cœur se serre.

— Vous... avez fait quoi? Mais pourquoi?

— Oh... oh, chérie. Je suis désolée! Je ne voulais pas te faire peur. Je pensais que tu avais compris! Elle s'est réveillée. Hier soir. Elle va s'en tirer.

Mon coeur jubile.

— Vraiment? Vous voulez dire...

— Il y avait cinquante pour cent de chances qu'elle s'en tire, Claire, et la chance a joué en notre faveur. Elle est maintenant assise dans son lit. Et elle adore le petit ourson que tu lui as apporté. Elle trouve que c'était bien gentil à toi de venir la voir.

— Vraiment?

Mme Mantella se met à rire.

— Oui, ma belle, vraiment. En fait, si elle se sent mieux demain, elle t'appellera peut-être. Est-ce que ça t'irait?

— Bien sûr que oui, dis-je. Je serais heureuse d'avoir de ses nouvelles.

Puis je me rappelle le rôle d'Ophélie et ma gorge se serre.

— Dites-lui de m'appeler n'importe quand.

— D'accord, dit la mère de Lucy. Et une fois de plus, merci beaucoup. Tu m'as fait beaucoup de bien, tu sais. Je me suis sentie beaucoup mieux après avoir appris que les jeunes de l'école s'inquiétaient de la santé de Lucy, même si personne n'avait appelé. Au revoir, Claire.

— Au revoir, madame Mantella. Je suis contente d'avoir pu être utile.

Je reste là à contempler le téléphone dans ma main. Je ressens un léger doute. Me suis-je trompée au sujet du parapluie et de la foudre? Est-ce possible que ce ne soit rien de plus qu'une coïncidence après tout? Me suis-je tourmentée pour rien?

Je raccroche et ressens un léger espoir aussi, pour la première fois cette semaine. Parce qu'il est possible que rien de tout ça ne soit ma faute.

Chapitre onze

Je redoute l'appel de Lucy. J'essaie de me trouver une bonne excuse pour sortir afin de l'éviter. Je n'ai rien dit à maman à propos de cet appel, seulement que Lucy doit appeler. Mais je lui ai dit que Lucy est réveillée et qu'elle va s'en tirer. Ses yeux se sont remplis de larmes une fois de plus et, cette fois, elles ont coulé.

— La mère de Lucy doit être tellement soulagée, dit-elle, la voix étrangement enrouée. J'ai peine à imaginer ce qu'on peut ressentir lorsqu'on vit quelque chose comme ça.

Puis elle me serre dans ses bras si fort qu'elle m'étouffe presque. Et je la serre aussi fort en retour.

Samedi après-midi nous nous habillons soigneusement, nous maquillons l'une l'autre et partons toutes deux à la recherche d'un emploi. Je pense que j'ai passé l'âge de faire du baby-sitting, même si j'adore les enfants. Ça ne paie pas assez. J'ai hâte de trouver un travail à temps partiel qui rapporterait plus de cinq dollars l'heure. Maman fait une demande d'emploi à un autre salon et nous remplissons toutes deux des formulaires à la boulangerie. Je laisse aussi un curriculum vitae à la quincaillerie et au supermarché où j'ai trouvé le parapluie.

C'est drôle comme ça ne me dérange plus maintenant. Je commence enfin à lâcher prise au sujet de la foudre et de ma responsabilité pour tous les changements qui se sont produits. Il y a eu tellement d'incidents bizarres cette semaine et je cherchais à les expliquer. Mais il devient évident que tout ça n'était qu'une coïncidence. La décharge électrique du parapluie n'est pas à blâmer pour le tournant radical qu'a pris ma vie. Le changement allait se produire de toute façon. Quel soulagement de ne plus être obsédée par cette pensée!

C'est quand même étrange que quelqu'un ait jeté un parapluie en parfait état.

Dimanche matin, je suis de nouveau stressée.

Devrais-je dire à Lucy que je ne voulais pas auditionner pour le rôle d'Ophélie mais que je l'ai obtenu quand même? Ou devrais-je attendre que quelqu'un d'autre le lui apprenne? Elle va certainement parler à Alice aussitôt qu'elle ira mieux. Et Alice et ses amies vont certainement passer la voir à l'hôpital.

Mais alors, comment réagira-t-elle si elle apprend la nouvelle par quelqu'un d'autre? Pensera-t-elle que j'ai voulu me faire pardonner en lui donnant un ourson? Et puis Eric? Devrais-je mentionner la brève rencontre de nos langues? Ou sera-t-elle en colère contre moi? Et si Alice lui a déjà parlé, lui a dit que nous avions l'air intimes dans la classe d'art dramatique? Heureusement qu'elle ne nous a pas vus nous embrasser, sinon c'en serait fini de moi.

Des fois je pense trop et ça me rend à moitié folle.

Il est onze heures et Lucy n'a pas encore appelé. Il faut que je sorte de la maison. Je craque d'être enfermée et de m'inquiéter au sujet de ce coup de fil.

— Maman, je vais au magasin, dis-je. Veux-tu quelque chose? Moi j'ai envie de crème glacée au caramel.

— Ça me plairait bien aussi, dit maman.

Elle est en train de faire un pédicure à son amie Lydia. Quel plaisir de les entendre rire et bavarder! Je les observe pendant quelques minutes.

— Dommage que tu ne puisses pas être à ton compte plutôt que de travailler dans un salon, dis-je.

Elles me regardent toutes deux et se mettent à sourire. Puis j'ajoute qu'elle pourrait avoir des cartes d'affaires avec des dessins de doigts et d'orteils et les distribuer dans le quartier.

— Je pourrais offrir un rabais aux locataires du HLM, dit maman, déjà toute excitée. Dieu sait que certaines en ont besoin. Tu es géniale, Claire!

Une nouvelle lumière brille dans ses yeux. Je suis tellement fière d'elle.

Le temps est couvert ce matin. D'épais nuages gris annoncent de la pluie ou de la neige. Ça ressemble beaucoup au temps qu'il faisait il y a une semaine. J'attrape le parapluie en sortant. Je n'en ai plus peur. En fait, j'ai de la chance de l'avoir puisque j'ai laissé le mien à l'école.

Je prends mon temps. Je ne suis pas pressée de revenir, c'est certain. Si je suis partie assez longtemps, il se pourrait que je manque l'appel de Lucy. Et elle ne se donnera peut-être pas la peine de rappeler.

Je marche tranquillement vers l'intersection en face du supermarché. Je croise une mère qui essaie de mettre des mitaines à son petit garçon qui serre une balle rouge dans ses mains.

— Il fait si froid aujourd'hui, Curtis, dit-elle. Il ne faut pas que tu te gèles les mains.

— Non, non, maman. Veux jouer! Veux jouer!

Pauvre mère. Elle a vraiment les mains pleines! Mais l'enfant est bien mignon. Il y a des jours où j'aimerais avoir un petit frère, mais pas trop souvent. Ma vie est déjà assez compliquée comme ça.

Lorsque j'arrive au bord du trottoir, la balle rouge rebondit devant moi et roule dans la rue. J'essaie de l'arrêter avec mon pied, mais elle passe par dessus. Une auto file devant moi à toute vitesse, suivie de deux autres. Le petit garçon s'élance devant moi. Il court dans la rue après sa balle au moment où arrive une auto.

Quelqu'un crie. Un klaxon retentit. Des pneus crissent. Ça sent le caoutchouc brûlé. À ce moment précis, j'allonge le parapluie et accroche le capuchon du petit garçon avec la poignée. Je tire aussi fort que je peux.

Il vole presque dans les airs. Puis il retombe assis sur le trottoir à mes pieds et se met à pleurer.

— Oh mon dieu, *Curtis*!

Sa mère le saisit dans ses bras et il enfouit son visage contre son épaule. Ils sanglotent tous les deux.

Le chauffeur de l'auto s'est arrêté. Le pauvre homme peut à peine marcher, tellement il est secoué. Il se dirige en trébuchant vers la mère et le petit garçon, les serre tous les deux dans ses bras et se met à sangloter lui aussi.

C'est absolument incroyable.

C'est comme si un tourbillon avait entraîné nos vies vers ce moment —

la mère et son fils, le chauffeur de l'auto et moi. Ce moment où par hasard un groupe d'étrangers se rencontrent et où une tragédie est évitée. On dirait presque que c'était *prédestiné*.

Puis ça me frappe. C'est peut-être pour *ça* que j'ai trouvé le parapluie. Que serait-il arrivé si je ne l'avais *pas* sorti de la poubelle ce jour-là?

Je les regarde tous les trois enlacés. Puis j'ouvre le parapluie et m'éloigne en le faisant tourner au-dessus de ma tête.

Chapitre douze

Lorsque je sors du magasin avec la crème glacée, tout le monde est parti. Les autos filent à toute vitesse comme si rien n'était arrivé. Les traces de dérapage de l'auto sont la seule preuve de cet incident.

Pendant un instant je regarde la marque fixement, puis je hausse les épaules et rentre à la maison, le parapluie dans une main et la crème glacée dans l'autre. J'ai été tentée de mettre le parapluie à la poubelle pour que quelqu'un d'autre le trouve, mais après ce qui vient de se passer, j'ai changé d'idée. C'est maintenant devenu un souvenir — pour me rappeler que la vie est pleine de surprises.

Et comme par hasard, le téléphone sonne lorsque j'arrive.

— Peux-tu répondre, s'il te plaît, Claire? J'ai les mains mouillées, crie maman de la cuisine.

Que puis-je faire? Je laisse tomber le sac et le parapluie et décroche.

— Allô?

— Claire?

La voix de Lucy est faible. Elle semble venir de très loin.

— C'est toi, Lucy?

— C'est moi, Claire. Je veux seulement te remercier d'être venue. Et pour l'ourson.

On dirait qu'elle est à moitié endormie et c'est probablement le cas après une semaine dans le coma. Je me demande si c'est comme s'éveiller après une longue sieste.

— Comment vas-tu? dis-je.

— Oh, pas mal. J'ai des points de suture sur la tête. Ça me démange.

Sa voix est hésitante. Elle fait de nombreuses pauses.

— Et j'ai tellement faim! Je mangerais bien une grosse poutine. Mais on ne me le permet pas en ce moment.

Cette fille vient de passer à deux doigts de la mort et elle demande de la poutine. Chapeau!

— J'aimerais bien pouvoir t'en apporter, dis-je. Euh… Il faut que je te dise quelque chose, Lucy, si tu as une minute.

— Je ne m'en vais nulle part, dit-elle en étouffant un rire.

Comment peut-elle rire après ce qu'elle vient de vivre?

— Écoute, je veux t'en parler avant que quelqu'un d'autre ne le fasse. J'ai obtenu le rôle d'Ophélie dans la pièce. Je ne le voulais pas, mais je l'ai eu. J'espère que tu n'es pas fâchée contre moi.

— Pourquoi est-ce que je serais fâchée? Je ne peux pas tenir un rôle important dans la pièce maintenant. Et qui dit que j'aurais obtenu ce rôle de toute façon?

— Cool! dis-je.

Ça me donne le courage parler de l'autre chose.

— Et au cas où quelqu'un le mentionnerait, Eric m'a draguée, mais je l'ai balancé.

— *Vraiment*? Autre pause. L'as-tu embrassé, Claire?

— Quoi? Si je l'ai *embrassé*?

Au secours! Je ne sais pas quoi lui répondre.

— Euh, il m'a embrassée, en quelque sorte, je suppose. Je ne vais pas te mentir, Lucy. Mais crois-moi, c'était son idée à lui.

— Alors? Comment as-tu trouvé ça?

— Comment c'était? Tu veux dire… hum… Je ne sais pas comment le décrire.

— Eh bien moi, je le sais. Pas très agréable, n'est-ce pas? Pour moi, en tout cas. La langue de ce gars-là est beaucoup trop encombrante!

Elle rit de nouveau.

Je m'étrangle de rire. C'est trop drôle.

— Tu as raison, Lucy. C'était complètement dégoûtant!

— Je vais te dire une chose étrange, Claire. C'est presque la faute d'Eric si j'ai eu cet accident. Je l'ai aperçu par la fenêtre du salon ce jour-là. Il courait dans la rue sous la pluie.

Lucy parle lentement, chuchote presque, prend son temps pour raconter l'histoire. On dirait qu'elle veut s'assurer que j'entende chaque mot.

— Alors j'ai couru sur le perron, en pantoufles, pour lui dire de ficher le camp. C'est alors que j'ai glissé et me suis fendu la tête sur la balustrade en tombant.

J'ai le souffle coupé.

— Sans blague. Parce que tu ne voulais pas qu'il vienne chez toi?

— Exactement. Je ne voulais plus le voir. Ma mère a entendu le bruit de ma chute. Elle a accouru, m'a trouvée étendue là et a appelé le neuf-un-un.

Puis elle prend une profonde inspiration et soupire.

— Et devine ce que maman m'a dit aujourd'hui, Claire. Eric avait disparu.

— Il t'a laissée là? Il était déjà parti lorsqu'elle est sortie?

— C'est ça. *P-A-R-T-I.*

Je trouve ça difficile à croire. Eric a abandonné Lucy. Il l'a laissée étendue sur le perron après l'avoir vue glisser et tomber. Comment un gars peut-il être aussi lâche? Puis je pense à mon père et je frissonne. J'ai été à deux doigts de faire la même erreur que Lucy et ma mère. Tomber amoureuse d'un loser.

— Tu sais, dit Lucy après une pause, ce gars-là est un parasite.

— Un parasite et un saprophyte, dis-je pour la faire rire.

Et ça marche.

— Écoute, je dois raccrocher, dit-elle. Ils essaient de me faire manger une purée infecte. Il paraît que c'est de la crème de blé. Ça ressemble plutôt à de la crème de vomi. Tu devrais venir la semaine prochaine. Je suis encore ici pour quelques jours et je m'ennuie déjà.

— Je ferai mon possible, dis-je. Remets-toi vite, Lucy.

— Oh, c'est bien mon intention. J'obtiendrai peut-être un rôle secondaire dans la pièce. Et rappelle-toi, *prends garde à la langue!*

Elle raccroche. Je ris encore lorsque j'arrive dans la cuisine pour raconter les dernières nouvelles à maman et à Lydia.

Lydia reste jusqu'à la fin de l'après-midi. Puis maman et moi décidons de « déjeuner pour souper ». Je fais frire du bacon et elle fait cuire des œufs brouillés tandis que les muffins anglais réchauffent dans le grille-pain. Quel délice!

Après souper nous nous régalons de grands bols de crème glacée au caramel et regardons les nouvelles. Une autre surprise m'attend.

Une reporter parle dans un microphone. Des autos filent à toute vitesse derrière elle. Je reconnais tout de suite l'intersection du supermarché où j'ai acheté la crème glacée que nous sommes en train de manger. Le supermarché où j'ai trouvé le parapluie il y a une semaine.

— Qui est la Fille au parapluie? demande la reporter. Et qu'est-elle devenue après avoir sauvé la vie de Curtis Barclay aujourd'hui?

Ma cuillère cogne contre mes dents.

— Hé, regarde, dit maman. C'est bien notre quartier, n'est-ce pas?

— On dirait bien, dis-je, la bouche pleine de crème glacée.

Puis ils apparaissent à l'écran, Curtis et sa mère, et l'automobiliste qui l'a presque frappé.

Chapitre treize

Je n'ose pas regarder ma mère. Je ne veux pas qu'elle se rende compte de mon agitation.

— Pouvez-vous nous dire pourquoi vous recherchez cette jeune fille, madame Barclay? demande la reporter.

— Parce qu'elle a sauvé la vie de mon petit garçon aujourd'hui, dit

Mme Barclay. Sans elle, il se serait fait frapper par une voiture. Elle l'a attrapé au dernier moment avec la poignée de son parapluie. Et j'aimerais la remercier personnellement.

Ses yeux sont remplis de larmes.

Curtis essaie de s'emparer du microphone et la reporter sourit.

— Cette fille mérite une mention honorable, dit le chauffeur. Nous aimerions beaucoup la rencontrer.

— Pouvez-vous décrire la Fille au parapluie? demande la reporter.

— Non. Aussi étrange que ça puisse paraître, nous n'avons vu d'elle que son parapluie lorsqu'elle s'éloignait. Il était ouvert et on pouvait distinguer un joli motif de vitrail. Si quelqu'un connaît cette fille et son parapluie, nous aimerions bien la retrouver.

— Voilà, c'était notre bonne nouvelle de la journée, dit la reporter. Si vous connaissez la Fille au parapluie, veuillez nous appeler à la station.

Lorsque je tourne lentement la tête du côté de ma mère, je rencontre son regard et elle me dévisage.

— Attends un peu, dit maman. Est-ce qu'il n'y a pas un tel parapluie ici justement?

Elle court dans l'entrée et revient en le tenant.

— D'où vient ce parapluie? dis-je d'un air faussement surpris.

— J'allais te poser la même question, Claire. Je l'ai trouvé l'autre jour appuyé contre le mur et je l'ai ouvert. Il a un joli *motif de vitrail*. N'est-ce pas?

Ses yeux se plissent et son sourire s'épanouit.

Puis elle ouvre le parapluie.

— Maman, dis-je. Ne sais-tu pas qu'ouvrir un parapluie à l'intérieur porte malheur?

— Eh bien, pas celui-ci, apparemment. Ne vas-tu pas leur dire qui tu es? Je pense qu'ils aimeraient vraiment te rencontrer, ma chérie.

Je finis ma crème glacée en regardant la télé. Ils interrogent un politicien en ce moment et ça ne m'intéresse pas. J'éteins et fixe l'écran noir.

— Claire? Tu ne penses pas que tu devrais t'identifier? Ils ont peut-être vraiment besoin de savoir qui a sauvé Curtis. Est-ce que tu ne voudrais pas savoir, si tu étais sa mère? Et ce pauvre homme qui l'a presque frappé? Ils sont sans doute encore ébranlés.

Je soupire. Je n'ai pas envie d'en discuter. J'ai déjà pris ma décision.

— Je ne leur dirai pas qui je suis.

Maman ferme le parapluie et me le donne.

— Montre-moi comment tu as fait, dit-elle. Comment as-tu sauvé ce petit garçon?

— J'ai simplement allongé la poignée, comme ceci, accroché son capuchon et tiré fort.

— Heureusement qu'il portait un parka, dit maman. Sinon il n'y aurait eu nulle part où l'accrocher.

— Heureusement que j'ai trouvé le parapluie dans la poubelle il y a une semaine, maman. Et que j'avais envie de manger de la crème glacée. Autrement... tu sais...

Maman soupire à son tour.

— Ce que la vie peut être bizarre, des fois, n'est-ce pas?

— Sans blague!

— Je pense quand même que tu devrais les rencontrer, Claire. Tu ne penses pas qu'ils ont le droit de savoir?

Maman s'assoit à côté de moi et passe ses doigts dans mes cheveux comme elle le fait souvent lorsque nous avons des conversations entre mère et fille. Je me sens bien.

— Tu sais, ils pensent que tu mérites une récompense.

— Je n'ai pas besoin d'une récompense pour *ça*, dis-je. J'ai simplement fait ce que n'importe qui aurait fait. Qu'ils continuent à se demander qui je suis. Un peu de mystère ne fait pas de tort, n'est-ce pas? On n'a pas toujours besoin de savoir comment ou pourquoi quelque chose arrive. Il faut parfois savoir sourire et lâcher prise.

Maman prend mon visage dans ses mains et me regarde droit dans les yeux.

— Sais-tu, Claire Watkins, que tu es une fille extraordinaire? dit-elle en me serrant fort dans ses bras.

— Il faut que je te dise quelque chose, Anna Watkins, lui dis-je à l'oreille. J'espère devenir un jour une femme comme toi.

Je la serre à mon tour, encore plus fort, cette femme formidable qu'est ma mère. Parce que je sais que tout ira bien désormais.

Pour nous deux.

Titres dans la
collection française

978-1-55469-373-3 PB
978-1-55469-422-8 PDF
978-1-55469-429-7 EPUB

978-1-55469-380-1 PB
978-1-55469-425-9 PDF
978-1-55469-471-6 EPUB

978-1-55469-379-5 PB
978-1-55469-424-2 PDF
978-1-55469-497-6 EPUB

978-1-55469-374-0 PB
978-1-55469-423-5 PDF
978-1-55469-498-3 EPUB

www.orcabook.com